Éasca Péasca

BÍGÍ AG LÉAMH

LE CLÓ UÍ BHRIAIN

* * *

SOS – 14 leabhar

SCÉAL EILE – sraith nua

Áine Ní Ghlinn

Chaith Áine Ní Ghlinn roinnt blianta ag obair le Raidió na Gaeltachta agus RTÉ agus roinnt blianta ag léachtóireacht in Ollscoil Chathair Bhaile Átha Cliath. Chaith sí seal ag scríobh don dráma teilifíse 'Ros na Rún'. D'éirigh sí astu sin ar fad chun níos mó ama a chaitheamh ag scríobh agus chun níos mó ama a chaitheamh lena clann. (Is breá léi a bheith ag béicíl ar thaobh na páirce peile!)

Tá ceithre chnuasach filíochta foilsithe aici agus dhá leabhar déag do dhaoine óga. Tá go leor duaiseanna buaite aici dá saothar. Scríobh sí *Daifní Dineasár, Moncaí Dána, Lámhainní Glasa* don tsraith SOS.

Éasca Péasca

Áine Ní Ghlinn

Léaráidí le Alphabet Soup

THE O'BRIEN PRESS
Baile Átha Cliath

An Chomhairle um Oideachas
Gaeltachta & Gaelscolaíochta

An chéad chló 2007 ag The O'Brien Press Ltd/Cló Uí Bhriain Teo.,
12 Terenure Road East, Rathgar, Dublin 6, D06 HD27, Ireland.
Fón: +353 1 4923333; Facs: +353 1 4922777
Ríomhphost: books@obrien.ie; Suíomh gréasáin: www.obrien.ie
Athchló 2016, 2020.

ISBN 978-1-84717-047-7

4 6 8 10 9 7 5 3

21 23 24 22 20

Clódóireacht: Essentra, Glasnevin.

Foilsithe i mBaile Átha Cliath:

Faigheann Cló Uí Bhriain cabhair ón
gComhairle Ealaíon

I

'Bígí go maith anois. Beidh sí anseo nóiméad ar bith.' Bhreathnaigh Daid ar an mbeirt pháistí. 'Seo í an seachtú *au pair* a bhí againn i mbliana,' ar seisean. 'Má imíonn sí seo...'

Rinne Niamh meangadh gáire séimh.

Shílfeá nach leáfadh an t-im ina béal.

'Má imíonn sí,' ar sise, 'ní orainn a bheidh an locht.'

Chaoch sí súil ar a deartháir.

'Bímidne go maith i gcónaí.'

Bhain Daid searradh as a ghuaillí agus amach leis as an gcistin.

A luaithe is a bhí sé imithe thosaigh Aonghus ag comhaireamh ar a mhéara.

'Consuelo, Maria Louisa, Lola … Ansin Silvia, Suzanne agus Blanca. Nó ar tháinig Silvia roimh Mharia Louisa?'

'Is cuma,' arsa Niamh. 'Níor mhair aon duine acu ach lá nó dhó!'

'Tá dul amú ort,' arsa Aonghus. 'Níor mhair Blanca ach seacht n-uaire an chloig. Nach cuimhin leat? A luaithe is a tháinig Daid abhaile bhailigh sí léi

amach an doras!'

'Meas tú cén deifir a bhí uirthi?' arsa Niamh. Í an-dáiríre mar dhea.

'Níl a fhios agam,' arsa Aonghus. 'Ní dóigh liom go raibh sí róshásta gur iarramar uirthi dul suas san áiléar chun bréagáin a fháil.'

'Tusa a mhúch an solas agus í ann.'

'Ná bí ag iarraidh an milleán a chur ormsa,' arsa Aonghus. 'Tusa a chuir doras an áiléir faoi ghlas!'

Phléasc an bheirt acu amach ag gáire.

'An cuimhin leat na calóga arbhair i ngruaig Lola?' arsa Niamh.

'Agus Silvia!' arsa Aonghus. 'Níor thaitin froganna léi siúd!'

'Agus na damháin alla a …?'

Stop Niamh i lár abairte. Bhí duine éigin ag an doras.

'Meas tú … ?' arsa Niamh.

'Céard é?' arsa Aonghus.

'Meas tú an bhféadfaimis an cailín nua seo a dhíbirt roimh am lóin?'

'Am lóin?' Bhreathnaigh Aonghus ar a uaireadóir. 'Ní thugann sé sin mórán ama dúinn … ach déanfaimid ár ndícheall! Agus mura n-éiríonn leis sin…?'

Léim an bheirt acu san aer. Bhuail

siad bosa ar a chéile.

'Mura n-éiríonn leis sin,' arsa an bheirt acu d'aon ghuth, 'déanfaimid ár seacht ndícheall!'

II

Nuair a shiúil Daid isteach sa chistin arís
bhí cailín beag in éineacht leis. Gruaig
dhubh uirthi agus súile dorcha. Bhí cuma
an-óg uirthi. Seacht mbliana déag d'aois
b'fhéidir. Ocht mbliana déag ar a mhéad.

Chaoch Niamh agus Aonghus súil ar a
chéile. Bheadh sé seo éasca. *Éasca
péasca!*

'Is mise Marie-Claire,' arsa an cailín beag.

'Agus seo iad Aonghus agus Niamh,' arsa Daid. Bhí creathán ina ghlór agus é ag caint. 'Táim cinnte go mbeidh siad an-mhaith.'

'Ó beidh,' arsa Marie-Claire agus í ag breathnú idir an dá shúil ar Niamh. Ansin ar Aonghus. 'Ná bíodh aon imní ort faoi sin. Beidh siad an-mhaith ar fad.'

Bhí rud éigin ina glór nár thaitin leis na páistí.

D'aithin Daid an rud céanna i nglór an *au pair* nua seo. Cá bhfios? B'fhéidir go

bhfanfadh an cailín seo leo. B'fhéidir...
Bhreathnaigh sé ar an *au pair* nua. Ansin
ar na páistí.

Rinne sé meangadh beag bídeach
gáire agus d'imigh sé leis ag obair.

* * *

Thosaigh Marie-Claire ag siúl timpeall na
cistine.

'Duine, beirt, triúr, ceathrar, cúigear,
seisear,' ar sise. 'Agus mise uimhir a
seacht!'

'Beidh uimhir a hocht anseo Dé Luain
seo chugainn!' arsa Niamh agus pus
uirthi.

'Nó níos luaithe b'fhéidir,' arsa Aonghus. 'Níl aon ghá againn le feighlí nó *au pair*. Táimidne in ann aire a thabhairt dúinn féin.'

'An bhfuil anois?' arsa Marie-Claire.

'Bhuel, tá tuairim agam go mbeidh mise fós anseo Dé Luain seo chugainn agus an Luan ina dhiaidh sin agus an Luan ina dhiaidh sin arís.'

Thosaigh na páistí ag gáire.

'Níor mhair aon duine chomh fada sin linne,' arsa Niamh. 'Fan go bhfeice tú.'

'Fanfaidh,' arsa Marie-Claire. 'Fanfaidh mé go bhfeice mé. Agus fanfaidh mé go

bhfeice sibhse freisin.'

Bhreathnaigh sí ar a huaireadóir.

'Anois,' ar sise, 'bricfeasta! Táimse stiúgtha leis an ocras. Céard a bheidh agaibh? Rud ar bith seachas calóga arbhair. Ní maith liom calóga i mo chuid gruaige.'

Bhreathnaigh na páistí ar a chéile. Cén chaoi a raibh a fhios aici? An raibh aithne aici ar Lola? B'fhéidir nach mbeadh sé seo chomh héasca is a cheap siad. Chaithfidís a seacht ndícheall a dhéanamh.

'Bhuel?' arsa Marie-Claire arís agus í ag

breathnú ar Niamh. 'Céard atá uait? Nó an é gur chaill tú do theanga?'

Bhí Niamh ag breathnú thart.

'Rud ar bith seachas calóga?' ar sise.

'Sea. Rud ar bith eile. Sin a dúirt mé.'

Rinne Niamh gáire dána. Rud ar bith!

Torthaí? Ní hea. Bhí babhla mór ar an mbord agus úlla, bananaí agus oráistí ann. Bheadh sé sin i bhfad ró-éasca.

Ispíní? Ní hea.

Bhí go leor ispíní sa chuisneoir.

Leite? Ní hea.

Bhí leite sa chófra agus pé scéal é níor thaitin leite go rómhór léi.

Sea. Bhí sé aici. Chaoch sí súil ar Aonghus.

'*Croissants,*' a dúirt sí. 'Ba bhreá liom cúpla *croissant.*'

'Aon rud eile?' arsa Marie-Claire agus í ag breathnú ar Aonghus.

'Beidh cúpla *croissant* agamsa freisin,' arsa Aonghus, 'agus seilidí b'fhéidir! Bia na Fraince … nó an é sin bia na bhfrancach?'

III

Níor thug Marie-Claire aon aird ar mhasla Aonghusa.

'*Croissants* agus seilidí? Fadhb ar bith.'

Thóg sí peann beag amach as a póca. Chroith sí trí huaire é. Tháinig ruainne beag deataigh as gob an phinn.

'*Garçon?*' ar sise.

Céard a bhí á rá aici? Garsún? Nó rud

éigin mar sin.

Agus cá raibh siad? Bhí an chistin imithe. Bhí siad ina seasamh i gcaifé beag. Bhí freastalaí ard ina sheasamh in aice leo. Pláta mór *croissants* aige.

Leag sé an pláta síos ar an mbord.

'*Avec beurre?*'

Bhí na páistí ag stánadh air. Céard a bhí á rá aige?

'Nach bhfuil sibh chun freagra a thabhairt air?' arsa Marie-Claire. '*Beurre* – sin im. Tá sé ag iarraidh a fháil amach an bhfuil sibh ag iarraidh im leis na *croissants*.'

'Sea, beidh im againn,' arsa Niamh go ciúin. D'fhéach sí ar an bhfreastalaí. '*Beurre*!' ar sise.

'Nach bhfuil múineadh ar bith ort?' arsa Marie-Claire. 'Céard faoi *s'il vous plaît* a rá?

'Saoi bhú céard?' arsa Niamh.

'*S'il vous plaît*. Ciallaíonn sé sin *más é do thoil é.*'

Chuir Niamh pus uirthi féin. Cén fáth a ndéarfadh sise *S'il vous plaît?*

D'oscail sí a béal le freagra giorraisc a thabhairt. Dhún sí arís é, áfach.

Bhí an áit seo spéisiúil. Níor theastaigh

uaithi am a chur amú. Chomh maith leis sin bhí tuairim aici go gcaillfeadh sí aon argóint a bheadh aici le Marie-Claire.

'*Beurre*,' ar sise go deas múinte. '*S'il vous plaît.*'

D'imigh an freastalaí leis. Bhreathnaigh Niamh ar Mharie-Claire.

'Cá bhfuilimid?'

'Sa Fhrainc,' arsa Marie-Claire. 'Táimid sa Fhrainc.'

'Agus na focail aisteacha sin? Fraincis? An ea?'

'Sea. Fraincis,' arsa Marie-Claire. 'Agus tá focal amháin eile atá de dhíth oraibh beirt. Nuair a thagann an freastalaí ar ais is féidir libh *merci* a rá.'

'*Merci*? Céard is brí leis sin?' arsa Aonghus.

'Sin "Go raibh maith agat".'

'*Merci*,' arsa Aonghus agus é á chleachtadh. '*Merci*.'

Mar ar tharla sé, áfach, nuair a tháinig an freastalaí ar ais rinne Aonghus dearmad glan ar a bhéasa!

Bhí dhá phláta ag an bhfreastalaí an uair seo, pláta beag agus pláta mór. Ar dtús leag sé pláta beag ime síos ar an mbord. Ansin an pláta mór.

'Ó, a thiarcais,' arsa Aonghus. 'Seilidí! Ní féidir liomsa ithe agus na rudaí gránna sin ar an mbord.'

'Tú féin a bhí á n-iarraidh,' arsa Marie-Claire go ciúin. 'B'fhéidir gurbh fhearr leat damháin alla? Nó froganna?'

D'fhéach Aonghus uirthi.

Cén chaoi a raibh a fhios aici? Cá bhfuair sí an t-eolas ar fad?

IV

Bhí Niamh fós ag breathnú thart.

'Táimid sa Fhrainc?' ar sise. 'Ní ag magadh atá tú?'

'Ní bhímse riamh ag magadh,' arsa Marie-Claire. 'Táimid i bPáras na Fraince. An raibh sibh anseo riamh cheana?'

Ní raibh.

'Bhuel! Ithigí na *croissants* agus na

seilidí sin go beo mar sin agus rachaimid ag breathnú ar an gcathair.'

Bhreathnaigh Aonghus ar an bpláta.

'Íosfaidh mé cúpla *croissant* ach níl mé chun na rudaí gránna sin a ithe.'

Bhreathnaigh Marie-Claire idir an dá shúil air.

'Íosfaidh tú an rud a d'iarr tú.'

Chuir Aonghus pus air féin.

'Ní íosfaidh.'

Tharraing Marie-Claire an peann beag chuici arís. Chroith sí uair amháin é.

'Céard é sin i do phóca?' ar sise.

Chuir Aonghus a lámh dheas isteach

ina phóca. Tharraing sé amach láithreach é.

'Íuch! Cad as ar tháinig sé seo?'

Bhí seilide beag liath ina lámh.

'Spéisiúil,' arsa Marie-Claire. 'Seilide eile le hithe agat. Anois bí ag ithe leat sula gcuireann sé siúd scairt ar a chairde.'

Chroith sí an peann arís.

'Ní íosfaidh mise aon seilide agus ní féidir leatsa …'

Stop Aonghus i lár abairte. D'airigh sé rud éigin sa phóca eile.

Íuch! Seilide eile.

'Nach aisteach an rud é,' arsa Marie-Claire agus í ag gáire. 'Caithfidh gur maslaithe atá na seilidí mar nár ith tú iad.

Agus caithfidh go bhfuil seilidí uile na cathrach ag teacht i gcabhair orthu anois.'

'Íuch! Íuch!'

Dhá sheilide eile. Agus ceann eile fós.

'Tá siad gránna. Tá tusa gránna,' arsa Aonghus agus é ag caoineadh.

Labhair Marie-Claire go ciúin séimh leis.

'Má itheann tú na cinn atá ar do phláta tá tuairim agam go n-imeoidh siad seo.'

D'fhéach Aonghus ar an bpláta.

D'fhéach sé ar a dheirfiúr.

'Ní dóigh liom go bhfuil aon rogha agat,' arsa Niamh. 'Anois déan deifir, le do thoil. Níl a fhios agam fútsa ach tá mise ag iarraidh iontais na cathrach seo a fheiceáil.'

'Ach–'

'Ná bac le *ach*! Tá sé seo deich n-uaire níos fearr ná a bheith ar scoil!'

'Is dócha go bhfuil.'

'Seo. Cabhróidh mise leat. Íosfaidh mise ceann amháin duit.'

D'ardaigh Niamh ordóg agus méar. Rug sí ar a srón. Dhún sí a súile. D'oscail sí a béal agus chuir sí seilide isteach ann.

'Ní raibh sé sin ródhona. Tusa anois.'

D'ardaigh Aonghus ordóg agus méar.

Rug sé ar a shrón. Dhún sé a shúile.

Ansin d'oscail sé a bhéal …

'Íuch! Beidh mé tinn.'

Shín Marie-Claire gloine uisce chuige.

'Caith siar é sin. Beidh sé níos éasca

ansin. *Éasca péasca*!'

V

Cúig nóiméad ina dhiaidh sin bhí an pláta glan. Bhí na seilidí imithe agus bhí an triúr acu i stáisiún traenach thíos faoin gcathair. An *Metro* a thug Marie-Claire air.

Isteach leo sa traein. Ansin traein eile agus ceann eile fós. Isteach is amach as stáisiúin traenach éagsúla. Suas agus anuas staighrí móra fada. Staighrí creasa mar a bhí i gcuid de na siopaí móra sa bhaile.

'Leanaigí mise,' arsa Marie-Claire.

Bhí ar na páistí rith chun coinneáil suas léi.

Fiche nóiméad ina dhiaidh sin bhí siad thuas ar bharr an Túr Eiffel agus iad ag breathnú ar an gcathair ar fad thíos fúthu.

'Ní fhaca mé a leithéid riamh cheana,' arsa Niamh. 'Tá sé go hiontach ar fad.'

Síos leo arís. Isteach sa stáisiún traenach.

Traein eile. Stáisiún eile. Staighre eile.

Agus iad ag bun an staighre rug Aonghus greim ar lámh a dheirféar.

'Cá bhfuil Marie-Claire?'

Thosaigh Aonghus ag caoineadh. Ní raibh an *au pair* le feiceáil ar chor ar bith.

'Ná bíodh imní ort,' arsa Niamh. Bhí creathán ina glór féin agus í ag caint. 'Caithfidh go bhfuil sí anseo áit éigin.'

Bhreathnaigh siad thart. Ní raibh Marie-Claire le feiceáil ar an ardán. Bhreathnaigh siad i dtreo an staighre.

'Sin í. Thuas ansin ag barr an staighre.'

Suas leo go beo.

'Bhain tú geit asainn,' arsa Niamh.

'Ar bhain?' arsa Marie-Claire agus í ag gáire.

'Níl sé greannmhar,' arsa Aonghus. 'Níor cheart duitse imeacht mar sin. Is tusa ár bhfeighlí! Tá tú in ainm is a bheith ag tabhairt aire dúinn.'

'Ag tabhairt aire don bheirt agaibhse, an ea?' arsa Marie-Claire. 'Shíl mé *nach raibh aon ghá agaibhse le feighlí!* Nach tusa a dúirt liom *go raibh sibh in ann aire a thabhairt daoibh féin?*'

Ní raibh focal as an mbeirt.

Bhreathnaigh Marie-Claire go géar orthu.

'Mura bhfuil aon rud eile le rá agaibh ná bígí ag cur ama amú. Tá go leor le feiceáil sa chathair seo. Ar aghaidh linn.'

VI

Amach leo as an stáisiún. Síos bóthar mór leathan. Chonaic siad siopaí áille. Siopaí ina raibh *croissants* agus cístí agus arán de gach sórt. Siopaí ina raibh éadaí galánta. Agus ansin ardeaglais.

'Ar chuala sibh trácht riamh ar Quasimodo a raibh cónaí air san eaglais seo?'

Bhí leabhar léite ag Niamh faoi.

'Seo Ardeaglais Notre Dame?' ar sise.

'Chonaic mise scannán faoi Quasimodo,' arsa Aonghus. 'Bhí cónaí air thuas sa chloigtheach agus thit sé i ngrá leis an gcailín álainn Esmeralda.'

'An fear céanna,' arsa Marie-Claire agus thaispeáin sí an dá chloigtheach dóibh.

Shuigh siad síos ansin ar bhinse sráide agus cheannaigh Marie-Claire pancóga móra dóibh. An uair seo ní raibh uirthi 'Go raibh maith agat' a chur i gcuimhne dóibh. Bhí na pancóga an-bhlasta ar fad agus seacláid ag sileadh uathu.

'*Merci, merci, merci, merci*!' arsa Aonghus.

Agus na pancóga ite acu sheas Marie-Claire suas.

'Déanaigí deifir,' ar sise. 'Tá áit amháin eile le feiceáil againn.'

VII

'Cá bhfuilimid anois?' arsa Aonghus ar ball. 'Táimse tuirseach traochta.'

'Ná bac le tuirse,' arsa Niamh. 'Breathnaigh air sin!'

Bhí Marie-Claire ina seasamh ag pirimid ollmhór.

'A thiarcais,' arsa Aonghus. 'Ní haon ionadh go bhfuil tuirse orm. Táimid san

Éigipt anois!'

Phléasc Marie-Claire amach ag gáire.

'Níl sibh san Éigipt. Seo pirimid an Louvre.'

'An Louvre? Céard é sin? Cineál leithris, an ea?' arsa Aonghus.

'A phleota!' arsa Niamh agus í ag gáire. 'Nár léigh tú riamh faoin Louvre sna leabhair scoile? Is gailearaí ealaíne é. An gailearaí ina bhfuil ceann de na pictiúir is cáiliúla ar domhan. An Mona Lisa.'

'Maith an cailín,' arsa Marie-Claire. 'Agus an bhfuil a fhios agaibh cé a rinne an pictiúr a phéinteáil?'

'Leonardo da Vinci, nach ea?'

'Maith an cailín,' arsa Marie-Claire arís.

'Anois. Ar mhaith libh an pictiúr a fheiceáil?'

Ní raibh mórán spéise ag Aonghus i gcúrsaí ealaíne ach níor theastaigh uaidh a bheith fágtha leis féin. Mar sin, lean sé an bheirt eile go drogallach.

Faoi dheireadh shroich siad barr na scuaine.

'Tá súile an-spéisiúil aici,' arsa Aonghus agus iad ag breathnú ar an Mona Lisa. 'Ach ní dóigh liomsa go bhfuil sí chomh dathúil sin.'

'A phleota,' arsa Niamh arís. 'Níl ionat ach pleota aineolach!'

'Ná bígí ag argóint,' arsa Marie-Claire. 'Aontaímse le hAonghus faoi na súile. Sílim gurb iad na súile an ghné is spéisiúla den Mona Lisa.'

Bhí Aonghus breá sásta.

'Anois cé hé an pleota?' ar seisean agus thug sonc dá dheirfiúr. 'Ní haon phleota mise. Is saineolaí ealaíne mé!'

Thosaigh siad go léir ag gáire.

Ansin bhreathnaigh Marie-Claire ar a huaireadóir.

'Sílim go bhfuil go leor iontas feicthe

agaibh anois. Fágaigí seo. Caithfimid dul ar ais chuig an stáisiún traenach.'

VIII

Agus iad ina seasamh ar an ardán bhreath-
naigh Marie-Claire ar a huaireadóir arís.

'Bhuel,' ar sise. 'Is dócha go bhfuil sé
in am agamsa a bheith ag imeacht. Slán
anois.'

Imeacht? Céard faoi na páistí? An raibh
sé i gceist aici iad a fhágáil anseo i
bPáras? Gan aon airgead acu. Gan

tuairim acu cá raibh siad.

Bhreathnaigh Niamh ar an traein. Bhí na traenacha go léir mar an gcéanna. Bhí na stáisiúin go léir mar an gcéanna. Cén chaoi a mbeadh sí in ann í féin agus Aonghus a thabhairt abhaile?

Bhí Aonghus ag caoineadh go ciúin in aice léi. Thug sí sonc dó.

'Éirigh as. Ní chabhróidh deora linn anois.'

Bhreathnaigh sí ar Mharie-Claire.

'Ní féidir leat imeacht. Ní féidir leat an bheirt againn a fhágáil anseo linn féin.'

'Ach tá sé leathuair tar éis a dó,' arsa

Marie-Claire. 'Tá am lóin thart. Nach raibh sibh ag iarraidh go mbeinn imithe roimh am lóin?'

Bhí an bheirt pháistí ciúin ar feadh cúpla nóiméad.

Niamh a bhris an tost.

'Tá brón orm,' ar sise. 'Is tú an *au pair* is fearr dá raibh againn riamh. Ná himigh. Le do thoil, fan linn.'

Thug sí sonc dá deartháir.

'Sea,' arsa Aonghus. 'Ná himigh. Is mór an spórt thú.'

Ní dúirt Marie-Claire tada. D'fhan sí ansin ag stánadh ar Aonghus. Thug

Niamh sonc eile dó.

'Tá brón ormsa freisin,' ar seisean go ciúin. 'Nílimid in ann aire a thabhairt dúinn féin. Tá gá againn le feighlí agus is tusa an feighlí is fearr dá raibh againn riamh.'

'Aon rud eile?'

Lean Aonghus air.

'Beimid deas múinte leat má fhanann tú linn. Ní chuirfimid froganna sa leaba ná calóga i do chuid gruaige ná damháin alla i do phócaí.'

Thosaigh Marie-Claire ag gáire.

'Maith go leor. Agus má bhíonn tusa

go maith ní chuirfidh mise seilidí i do phócaí ach an oiread.'

'Fanfaidh tú linn mar sin? Ní fhágfaidh tú anseo muid?'

'Fanfaidh mé libh. Go ceann tamaill ar aon nós.'

Lig na páistí béic áthais astu. Ansin – rud nach ndearna siad riamh le haon fheighlí eile – rug siad barróg mhór uirthi.

IX

Ach céard é sin a bhí ráite ag Marie-Claire faoin am? Bhreathnaigh Niamh ar a huaireadóir siúd. Leathuair tar éis a dó! Bheadh na páistí go léir ag dul abhaile ón scoil ar a trí a chlog.

'A thiarcais,' ar sise. 'Céard a déarfaidh Daid nuair a fhaigheann sé amach nach rabhamar ar scoil?'

Tharraing Marie-Claire an peann beag as a póca arís.

'Ní gá go bhfaigheadh sé amach,' ar sise. 'Ní gá go bhfaigheadh aon duine amach.'

Chroith sí an peann trí huaire. Arís tháinig ruainne beag deataigh as an ngob.

Bhreathnaigh na páistí thart. Bhí Páras imithe. Bhí Notre Dame agus an Túr Eiffel imithe. Bhí an Louvre imithe. Bhí an stáisiún traenach agus an Metro imithe.

Bhí an triúr acu ina seasamh i halla na scoile. A málaí scoile ar a ndroim ag an mbeirt pháistí.

'Cén chaoi …?' a thosaigh Aonghus. Chuir Marie-Claire a méar lena beola.

'Isteach leat anois,' ar sise. 'Isteach leat sa seomra ranga agus ná habair tada.'

Shiúil Aonghus isteach doras a ranga féin.

D'oscail Niamh doras a seomra ranga siúd.

Bhí gach rud reoite. Snáthaidí an chloig. Beach a bhí ar tí tuirlingt ar bhord an mhúinteora. A sciatháin spréite amach agus í reoite san aer. Gach uile rud reoite. Gach duine. An múinteoir agus a lámh san aer aici, í ar tí rud éigin a scríobh ar an gclár bán. A béal oscailte aici agus í i lár abairte.

Chas Niamh thart. Rug sí barróg eile ar Mharie-Claire.

'Go raibh maith agat,' ar sise. 'Go raibh míle maith agat. Tá súil agam go bhfanfaidh tú linn go deo.'

Shiúil Niamh síos go dtí a suíochán féin. Shuigh sí síos. D'oscail sí a mála scoile agus tharraing sí chuici leabhar.

Bhí Marie-Claire ag an doras. Chaoch sí súil ar Niamh. Ansin shiúil sí trasna go dtí bord an mhúinteora. Rug sí ar an

mbeach. D'oscail sí an fhuinneog agus leag sí an bheach go cúramach ar leac na fuinneoige taobh amuigh. Ar ais léi go dtí an doras. Chaoch sí súil ar Niamh arís. Bhain sí creathadh beag eile as an bpeann agus dhún sí an doras ina diaidh.

Ghread an bheach a sciatháin agus d'imigh sí léi i dtreo na spéire.

Thosaigh beola an mhúinteora ag bogadh arís.

'… agus ansin cuireann tú …'

Stop sí i lár abairte.

Bhreathnaigh sí go géar ar Niamh.

'An raibh …? Cad as …?'

Rinne Niamh meangadh gáire séimh.

Shílfeá nach leáfadh an t-im ina béal.

'Sea, a mhúinteoir?'